FÊTES ET CORVÉES

Léon-Pamphile Le May

Dans un moment d'enthousiasme comme en ont quelquefois les poètes, j'ai vu se dérouler devant mes yeux la file joyeuse et bruyante de nos fêtes, mais de nos fêtes de jadis surtout, et j'ai cru que le passé n'était pas tout à fait disparu, et que les folles mascarades du carnaval, le pétillement des feux de la Saint-Joseph et de la Saint-Jean, les chansons et les danses autour de la grosse gerbe, et les éclats de rire de la braierie, n'étaient pas les échos d'un temps qui n'est plus, mais les préludes toujours agréables de fêtes qui recommencent toujours. Et j'ai voulu parler de ces fêtes comme si elles étaient encore dans toute leur splendeur.

N'importe, parlons-en ! qu'elles soient ou non disparues, puisque c'est faire l'histoire du peuple – histoire intime et vraie, que nul motif d'intérêt n'embellit injustement, que nulle passion ne travestit avec malice. Les récits des combats ou des luttes politiques sont souvent entachés d'erreurs ou de préjugés ; et puis, ils ne montrent une nation que revêtue en quelque sorte des costumes d'emprunt qui sont nécessaires aux comédiens qui paraissent sur la scène.

L'histoire des grandes actions d'un peuple n'est pas toute l'histoire de ce peuple et ne le fait pas connaître entièrement ; de même que la nomenclature des œuvres d'un homme ne suffit pas pour nous éclairer sur le caractère, les manière, les passions et les vertus de cet homme. Dans l'intimité l'homme et le peuple se révèlent tels qu'ils sont ; et c'est par le choix de leurs amusements, surtout, qu'ils laissent véritablement deviner la force ou la mollesse de leurs caractères, la rudesse ou la douceur de leur esprit.

Mais, je ne m'arrêterai pas trop sur des considérations que chacun peut faire aussi bien que moi. Et, comme j'ai à parler des fêtes religieuses, la morale se glissera dans mon humble travail sans que j'aie l'air d'y toucher.

Commençons avec l'année, nous finirons avec elle. Commençons dans la joie, l'espoir et l'amour, et ne nous inquiétons point comment nous finirons. À chaque jour suffit sa peine, a dit un sage ; moi qui ne suis pas sage pourtant, j'ajouterai : À chaque jour aussi doit suffire sa joie, et ne désirons pas plus de bonheur que nous pouvons en porter.

La première fête, et l'une des plus belles pour tous, parce qu'elle apporte à tous sans exception une satisfaction profonde et une grande espérance – la satisfaction d'avoir vécu une année encore, et l'espérance d'arriver sans encombre à l'année suivante – c'est le jour de l'an. On ne songe pas même à dire le *premier* jour de l'an, mais le jour de l'an, parce que ce jour à lui seul vaut toute l'année. De là, en effet, on embrasse, d'un coup d'œil, une longue prospective, et l'on goûte, par avance, une foule de plaisir qui se tromperont probablement d'adresse et n'arriveront pas jusqu'à nous. Peut-être encore l'appelle-t-on ainsi parce que les autres jours n'en sont qu'une répétition, et que ce que l'on fait ce jour-là, on le fait tout le long de l'année.

Aussi, comme on a soin de dire aux enfants de ne pas pleurer, de ne pas être maussades, de ne point se quereller, mais d'être bons et obéissants. Malheur à ceux qui pleurent le jour de l'an, ils auront encore les yeux rouges à Noël ! disait un vieux de mon village.

Ce jour-là, l'enfant l'attend avec impatience ; il le voit dans ses rêves ; il l'appelle de toutes les forces de sa jeune âme. Il ne sait pourquoi, mais il sait bien que les bonbons pleuvent dans ses mains, comme les baisers sur son front ; il sait bien que l'indulgence des parents est plus grande, l'amitié des petits frères et des petites sœurs, plus douce que jamais. Ce jour est un événement heureux dans sa jeune existence, et, le soir, quand le charme se dissipe avec la nuit qui vient, sa naïve imagination cherche déjà, dans les brumes de l'avenir, l'autre jour de l'an.

Pour nous qui ne sommes plus, depuis tant d'années, des enfants, ou, du moins, des petits enfants, le jour de l'an est aussi un jour de réjouissance. Nous serrons alors avec plus de chaleur la main aux amis ; les sentiments généreux débordent de nos âmes, et – pour que nul nuage ne projette son ombre sur la sérénité des heures nouvelles – la haine ou le ressentiment se taisent.

Nous mesurons le chemin parcouru, et, tout en éprouvant une véritable satisfaction, nous sentons peut-être une larme à notre paupière, à la vue des lieux ensoleillés que nous avons laissés derrière nous. Les vieillards, – plus tristes, parce qu'ils ont plus vécu, plus sensibles, parce qu'ils ont aimé davantage, plus sages, parce qu'ils ont éprouvé plus de déceptions, – versent, en ce jour, comme une rosée, la bénédiction sur la tête de leurs fils. Ils disent : « c'est le dernier jour de l'an que nous voyons ! » mais ils n'en croient rien, car, au fond du cœur, il y a toujours cette voix mystérieuse qui murmure : Espère ! Et puis, quand on a vécu quatre-vingts ans, on peut bien – ce me semble – vivre encore un peu. La grande affaire, c'est d'arriver à quatre-vingts.

Le jour de l'an n'est pas une de ces fêtes qui marquent, d'un trait distinctif, le peuple qui la chôme. C'est une réjouissance universelle, et qui est ancienne comme le premier calendrier – pas le Grégorien ! Il n'a que trois siècles, celui-là ! – Tout le monde est content et se réjouit de commencer une année ; quelques-uns, pour s'amender, beaucoup, pour faire comme auparavant ; les uns pour apprendre, les autres, pour oublier ; celui-ci, pour atteindre la fortune qui s'envole toujours, celui-là, pour arriver à la gloire qui lui sourit, et tous pour assouvir cette soif mystérieuse de félicité que Dieu a mise en nous, tout en plaçant dans son éternité la fontaine merveilleuse qui seul peut l'apaiser.

Autrefois la veille du jour de l'an dans toutes les paroisses, dans tous les villages, on chantait la *Ignolée*. Ceux qui la chantaient s'appelaient les *Ignoleux*, et ils le méritaient bien. Armés de longs bâtons et de sacs profonds, ils allaient de porte en porte, chantant sur le seuil, plus soucieux du bon sens que de la rime :

Bonjour le maître et la maîtresse

Et tous les gens de la maison,

Nous avons fait une promesse

De venir vous voir une fois l'an...

Ils battaient la mesure avec leurs bâtons, et, avec leurs sacs ils recueillaient la chignée. On les recevait avec plaisir, et on leur donnait abondamment, car la chignée – c'est-à-dire l'échine d'un porc frais, je suppose – était destinée aux pauvres de l'endroit. L'égoïsme qui se glisse partout, se glissa jusque dans les cœurs des *Ignoleux* – *Auri sacra fames !* – et les *Ignoleux* finiront par n'avoir plus de cœurs et par garder pour eux-mêmes ce qu'ils recevaient pour d'autres. De ce moment l'antique institution de la *guignolée* fut condamnée.

Le jour de l'an est une fête essentiellement religieuse pour les chrétiens. On laisse alors les travaux et les affaires, pour venir, au pied des autels, remercier le Seigneur des années que l'on a vues, et le supplier de ne pas nous rayer trop tôt du nombre des vivants – l'éternité est si longue !

Afin de sauvegarder ma réputation d'homme sérieux, j'ai voulu commencer par jeter devant vous quelques idées graves ; je finirai de même, car, soyez-en sûr, je tiens à bien finir.

Maintenant que vous êtes rassurés sur ma fin, je pars : suivez-moi si le cœur vous en dit.

Le temps du carnaval est passé, c'est vrai ; nous sommes en plein carême, c'est aussi vrai... mais rendons, pour un instant, la liberté à nos esprits, tout en réduisant nos corps en servitude, et retournons aux *jours gras* !

Le carnaval, ici, n'est réellement plus qu'un souvenir. De fait, il n'existe plus guère. Il nous est venu d'Europe avec nos aïeux, comme la fête de la grosse gerbe, et nos aïeux l'ont reçu de Rome ancienne, c'est-à-dire du Paganisme. Les anciens avaient, en effet, des mascarades, particulièrement aux *Saturnales* ou fêtes de Bacchus, aux *Lupercales*, et à la fête de la mère des dieux qu'on appelait *Megalesia*.

Si l'on en croit Ovide, la première mascarade remonte au temps d'Hercule, et c'est *ce monsieur* lui-même qui en a fait tous les frais. Voici à quelle occasion : Faune, un autre *monsieur* de l'antiquité, avait une maîtresse, la belle Lyda ; et cette maîtresse, un peu négligente peut-être, laissait traîner, – passez-moi l'expression – ses vêtements. Hercule les prit un jour, s'en revêtit et se rendit dans une grotte sombre, obscure même, où il donna à Faune, de la part de Lyda, un rendez-vous pressant. Faune accourut tout palpitant... et n'en retourna tout penaud. Il venait de voir la première mascarade.

Le carnaval, parmi nous, en est à son dernier jour, puisqu'il naît véritablement et meurt avec les jours gras. Mais, comme tout ce qui va s'éteindre, il brille d'un éclat plus vif, et paraît se réveiller avec une vigueur que l'on ne suppose qu'à la jeunesse.

Le carême, voyez-vous, arrive pâle et décharné : on ferme les yeux pour ne pas le voir. Et pourtant notre carême à nous, quel bonhomme de carême en comparaison de celui de nos pères ! Mais pardon ! j'oublie que le carême n'est pas une fête populaire.

Nous sommes donc aux jours gras. Entendez-vous le trot mesuré des chevaux, les vibrations argentines des sonnettes, les silements des *lisses* d'acier sur la neige ? Entendez-vous les rires à demi-étouffés sous les *robes de carrioles ?* Tout le jour et dans toutes les routes, les voitures circulent. Ce sont les amis qui vont souper chez les amis, les parents qui visitent les parents. Tout le monde sort ou reçoit. Comme ce diable d'Asmodée, enlevons les toits et laissons pénétrer nos regards dans l'une de nos maisons ; par celle que nous verrons, jugeons les autres. C'est fait. La maison que nous avons décalottée est celle d'un bon habitant. Elle est grande et arbore deux pignons rouges. Notre habitant aime le plaisir et le petit coup ; il est généreux, honnête, hospitalier, et – par-dessus tout – marguillier en charge. Les invités arrivent : Ils sont quarante de leur bande. Vieux et jeunes, hommes et femmes, veufs ou non, le nombre pas plus que le genre, rien n'y fait. Les femmes se déshabillent, les hommes se décapotent et les chevaux se détellent. Il fait froid et l'on prend un verre de gin pour se réchauffer ; s'il ne faisait pas froid, on en prendrait quand même. Les hommes s'assoient et causent de mille choses : des chevaux et de la récolte, des promesses du gouvernement, des taxes et des prochaines élections. Les femmes ne jasent pas moins, et, si les dernières nouvelles ne suffisent pas, elles rééditent les premières, soigneusement revues, corrigées et augmentées. Les jeunes filles ne font qu'un rond dans la *place* ; les pieds leur brûlent de l'envie de danser. Voici le joueur de violon. Il porte gravement sous le bras, et précieusement enveloppé dans un mouchoir de poche, l'instrument désiré : un stradivarius de fabrique canadienne. On verse à boire pour lui donner du bras, et, soudain, – sous le doigt exercé qui les met d'accord, – tour à tour les cordes vibrent et sonnent, pendant que les clefs tournent en criant dans la tête gracieusement cambrée du violon.

Ces préludes font courir une effluve de volupté dans la salle ; les cœurs tressautent et les visages s'illuminent. L'archet, – que la résine a rendu agaçant – commence à se promener légèrement de la chanterelle à la grosse corde, en caressant la seconde et la troisième, comme pour essayer ses forces, puis, tout à coup, il entame le reel à quatre vif et entraînant. Alors galants et amoureux se cherchent et se trouvent. On danse pour le plaisir de danser, mais que la danse est agréable avec ceux que l'on aime !

Aux reels succède la gigue, la plus difficile, la plus belle, et la plus honnête des danses, à mon avis. Puis viennent les cotillons alertes avec leurs chaînes capricieuses, les oiseaux, les Sir Roger – qu'on appelait tout bonnement de mon temps et dans mon village – *rénegeurs* ! Et puis encore, les quadrilles gracieux avec leurs marches et leurs contremarches mesurées, les lanciers compliqués et brillants et les calodonias tapageurs. Et puis encore quelquefois, pour les vieillards qui aiment à nous donner une leçon de grâces... corporelles, le menuet précieux et mignard, avec ses salutations incessantes et ses gestes doucereux. Et toujours l'instrument résonne ! et toujours les danseurs tourbillonnent ! et le violoneux, en bras de chemises, ne se rendra qu'avec le dernier crin de son archet ou la dernière corde de son violon.

Cependant tout le monde n'aime pas la danse, et il en est pour qui une partie de quatre-sept vaut tous les autres amusements réunis. Il ne faut pas en vouloir à ces gens-là, de crainte que l'âge qui éteint d'ordinaire les autres passions, ne nous apporte la passion du quatre-sept. Ces courtisans des cartes, qui valent bien après tout les autres courtisans, se sont depuis longtemps attablés. Ils luttent deux contre deux ; l'enjeu, c'est l'honneur ; et, à les voir attentifs à leur main ou aux cartes qui passent, on dirait qu'ils jouent les destinées des candidats conservateurs ou libéraux. Quels cris et quels éclats de rires s'élèvent tout à coup ! Comme ces joueurs sont honteux ! comme ces autres sont glorieux !... Ah ! c'est un capot ou une vilaine qui vient d'être servi !...

– Retirez-vous d'ici, joueurs maladroits, allez apprendre à jouer ! disent les uns.

– C'est la faute *à ma compagnie*, répliquent les autres.

Oui, quoiqu'il arrive, au jeu de cartes comme aux autres jeux, quand deux personnes sont coupables, c'est toujours la faute de l'autre.

Mais voici que sur des chevalets on couche des planches, et que sur ces planches on étend des nappes, et que sur ces nappes on place des assiettes et des plats, des verres et des carafes !... Et la senteur du ragoût monte jusqu'au plafond ; et le fumet des pâtés à la viande et aux pommes fait passer des frissons dans l'estomac des gourmands ;

et les volailles rôties qui dorment – richement dorées par la braise – leur dernier sommeil, dans les plats de faïence bleue, attirent fatalement plus d'un œil de convoitise ! Les soupers sont joyeux à la campagne, car il n'y a pas de gêne – et là ou il y a de la gêne, il n'y a pas de plaisir, vous le savez. – Les soupers du mardi gras surtout sont joyeux et longs. On voudrait voler quelque chose au carême. Puis quand l'appétit est un peu plus que satisfait, et la soif, joliment plus qu'assouvie, on chante au lieu de faire des discours. À mon avis c'est bien plus gai, et bien plus raisonnable aussi, parce que cela aide la digestion ; seulement il se trouve des gaillards qui chantent un peu trop fort et un peu trop souvent. Ils croient que l'on chante d'autant mieux que l'on chante haut, et, comme ils supposent qu'on aime à les entendre, ils n'aiment pas à nous lâcher. Mais enfin les voix se fatiguent, les refrains deviennent plus courts ou plus rares, et, finalement, il arrive un moment où le dernier chorus est bien le dernier. Alors on se disperse pour se réunir de nouveau autour des tables à cartes ou au son du violon. Et jusqu'à minuit sonnant, c'est un entraînement irrésistible, une véritable fureur de plaisirs.

Mais le trait caractéristique du carnaval c'est la mascarade. Et pourtant la mascarade elle-même tombe en désuétude. Elle ne se fait plus que le mardi gras.

Autrefois un homme sérieux et une femme non moins sérieuse s'affublaient d'un masque aussi grotesque que possible et de vêtements bizarres. L'homme s'enveloppait de jupes, la femme enfourchait la culotte – et, conduits par un cocher à l'air mystérieux, ils allaient, de porte en porte, buvant, mangeant et dansant mieux que les autres, au grand plaisir de la foule. Souvent, des curieux parvenaient à soulever un masque, et alors, derrière la vilaine grimace en carton peinturluré, ils apercevaient parfois un adorable minois. Aujourd'hui, dans la plupart des paroisses, quelques jeunes gens et les enfants seuls se donnent la peine de se farder avec de la suie pour effrayer d'autres enfants. Mais en revanche ils se sont identifiés avec le jour même de la fête, et on les appelle les Mardi-gras !

Et voilà comme s'en va le carnaval sous notre ciel rigoureux. À ces fêtes excentriques où tout le monde est convié, où les fantaisies courent la rue, où la gaieté, l'entrain et la folie se donnent la main et dansent leurs rondes vertigineuses, il faut du soleil et de la lumière, il faut des hommes un peu efféminés par la douceur du climat et la poésie de l'existence, il faut des femmes brûlées par les rayons du jour et les rêves de la nuit...

Il ne sera pas sans intérêt de jeter un coup d'œil sur quelqu'autre peuple, tout en restant dans les limites que nous prescrit une simple étude, pour comparer nos fêtes respectives et constater leur commune origine. En Italie, par exemple, le carnaval est encore dans toute sa splendeur ou, si vous l'aimez mieux, dans toute sa folie ; et, dans la Ville Sainte, – pendant les onze jours qui précèdent le carême, – la population toute entière, affublée d'oripeaux étranges, vêtue de costumes pittoresques, travestie et masquée, inonde les rues et les places, crie, chante, pérore, danse, court, se promène, s'agite, comme une mer secouée par une commotion souterraine. Mais, le mercredi des cendres, toute cette foule joyeuse et bruyante encombre les églises et se prosterne dans la poussière.

Venise, autrefois, est montée jusqu'à la gloire, grâce à ses grands citoyens et à ses vaillants soldats ; Venise, aujourd'hui, est descendue jusqu'à l'immortalité – grâce à son carnaval. Car on descend à l'immortalité de chute en chute, comme on y monte degré par degré.

Ici le carnaval se termine par l'enterrement du mardi gras. Dans plusieurs localités de France et des autres pays d'Europe, il se termine par l'enterrement du mercredi des cendres. Le mardi gras d'ici et le mercredi des cendres de là-bas, sont figurés par un bonhomme – quelquefois même une bonne femme de linge ou de paille. Le mannequin, homme ou femme, est enterré ou brûlé avec tous les honneurs dus, sinon à son rang, du moins à l'idée qu'il représente.

Sans aucun doute, il y a là une superstition religieuse, et ce sacrifice du mannequin doit représenter le sacrifice des plaisirs et des amusements. On veut faire comprendre que le temps de pénitence est arrivé, et qu'il faut chasser le souvenir des distractions mondaines. Il faut dépouiller le vieil homme.

Les paysans de Bohême sacrifient, eux, un instrument de musique. Cela, en effet, parle éloquemment à l'esprit. Ils brisent, d'ordinaire, une vieille basse, l'enveloppent dans un drap blanc et la portent en terre en s'éclairant de lanternes et en chantant des chants funèbres.

On trouve encore dans la Normandie, bien des personnes qui

croient que le diable a le pouvoir et la permission d'enlever ceux qui se déguisent et se masquent, même en temps de carnaval, et ces naïfs paysans se donnent bien garde de faire la mascarade.

Ici, dans certains villages éloignés, on retrouve aussi la même croyance. Rien d'étonnant en cela, puisque nous descendons, pour un grand nombre, de ces rusés Normands. Quand j'étais jeune je me déguisais quelquefois et me couvrais d'un masque – chose que je ne fais pas maintenant, mais que bien des hommes pratiquent – et notre vieille voisine la mère Catoche, m'avertissait de prendre garde, que le mauvais esprit m'emporterait...

Je vois maintenant que la mère prenait le change sur le déguisement, et qu'il n'y a réellement de danger que pour ceux qui s'affublent du masque moral de l'hypocrisie.

Le carnaval est fini, le mardi gras est enterré ; poursuivons notre course à travers l'année, mais secouons la poussière de nos semelles, et n'emportons rien de profane, car, pour un moment, nous allons nous occuper d'une fête religieuse, c'est-à-dire, d'une fête populaire convertie au Seigneur. Je veux parler de la Saint-Joseph.

« Saint Joseph fut choisi pour le patron du pays en 1624, – dit LaRue – et le père Le Caron, récollet, nous fait connaître à quelle occasion, dans un mémoire adressé au Provincial de son ordre, à Paris. »

« Nous avons fait, dit ce père, une grande solennité où tous les habitants se sont trouvés et plusieurs sauvages, par un vœu que nous avons fait à saint Joseph, que nous avons choisi pour le patron du pays et le protecteur de cette église naissante. »

Cependant, ce n'est qu'en 1638 qu'il est question pour la première fois d'honorer saint Joseph par des coups de canon et des feux d'artifice. Le père Lejeune dit en effet : « La fête du glorieux Patriarche Saint Joseph, Père, Patron et Protecteur de la Nouvelle-France, est l'une des grandes solennités de ce pays ; la veille de ce jour, qui nous est si cher, on arbora le drapeau, et fit-on jouer le canon, Monsieur le gouverneur fit faire des feux de réjouissances aussi pleins d'artifices que j'en aie guère vus en France. »

Cependant dix ans plus tard – en 1648 – le zèle diminue et le feu s'éteint.

« À la Saint Joseph, on ne fit point de feu de joie, la veille comme de coutume », écrit encore le père Lejeune, j'en fus une partie cause, comme ne goûtant guère cette cérémonie qui n'avait aucune dévotion qui l'accompagnait.

La Saint-Joseph est condamnée, ou du moins, comme une vierge qui entre en religion, elle se dépouille de toute parure, et renonce à toute pensée mondaine. Pendant quelques années encore elle a des retours plus ou moins dangereux (la fête) mais petit à petit le bruit du canon diminue, le feu perd de sa chaleur, il devient fort froid même – suivant l'expression du père Lejeune – les artifices sont détrônés par la simplicité, et les fusées, sans élan, ne font plus concurrence aux comètes chevelues. Pour la dernière fois, en 1661, il est fait mention de la Saint-Joseph, comme fête populaire profane ; mais on sait à quel éclat et quelle grandeur la fête religieuse en est arrivée aujourd'hui parmi nous.

Le peuple a besoin de jours de récréation pour se reposer de ses labeurs et dérider son front. Les réjouissances publiques sont les fêtes de famille d'une nation. Elle resserrent ou multiplient les liens entre les maisons, comme les fêtes de famille resserrent et multiplient les liens d'amitié entre les individus. Les peuples les plus doux et les plus poétiques, comme ceux du midi, se livrent plus volontiers à ces amusements que les hommes froids et sombres du nord ; la nature, le climat, le ciel les y invitant et les façonnent en quelque sorte pour la jouissance, et, en retour, ces peuples charmants et légers manifestent leur reconnaissance à la nature prodigue en l'exaltant dans des fêtes publiques.

Nos pères étaient friands de réjouissances : ils étaient encore Français. Nous, nous avons pris des idées sérieuses et un brin de flegme dans l'air que nous respirons, dans la nature sévère qui s'étend sous nos yeux, dans le froid qui nous engourdit et dans la fréquentation des Anglais qui nous entourent. Nos pères ne trouvaient pas suffisant d'allumer des feux en l'honneur de saint Joseph, et ils crurent faire plaisir à saint Jean en lui brûlant aussi, la veille de sa fête, des sapins entiers, desséchés d'avance. Je ne saurais préciser la date du premier feu de la Saint-Jean sur nos bords ; mais je vois qu'on 1636 on chômait la Saint-Jean aux Trois-Rivières, et l'on tirait du canon, et l'on se livrait à toutes sortes d'innocentes jouissances le soir de la veille. Les Sauvages croyaient que les visages pâles faisaient cette fête pour chasser le manitou, et, à leur tour, ils prenaient tambours et autres instruments de tapage, et – faisaient un tintamarre épouvantable – ils couraient de ci, de là, pour effrayer le diable.

Cependant le feu de la Saint-Jean ne s'alluma point à toutes les portes, pas même dans toutes les paroisses, et, pendant près de deux cent ans, les chants de la joyeuse fête ne sortirent point des paroisses désignées sous le vocable de Saint-Jean. Voici – d'après le docteur LaRue – comment cette cérémonie se passait à Saint-Jean, Île d'Orléans : « Sur l'ordre du seigneur, un des habitants transportait sur la grève, en face de l'église, le bois nécessaire au feu : c'était du bois de cèdre invariablement. Après avoir chanté un salut, le curé, revêtu de l'étole, se rendait au bûcher. Il le bénissait, et ensuite faisait sortir du feu nouveau, en frappant un caillou avec le briquet. Avec l'amadou aussi enflammé, le curé mettait le feu au bûcher, et une compagnie de miliciens faisaient une décharge de fusils, au milieu des cris de joie de toute la foule. Presque toute la population de l'île se donnait rendez-vous à Saint-Jean pour cette solennité. La coutume était de s'y rendre à cheval, les femmes en croupe derrière leurs maris. »

J'emprunte à divers ouvrages certains détails curieux sur la manière dont se fête la Saint-Jean, en quelques endroits :

« L'origine des feux de la Saint-Jean remonte à la plus haute antiquité. Dans le même mois où nous les allumons, les Grecs célébraient, en l'honneur de Diane, une fête qu'ils appelaient les *Lophries*, et, le jour du solstice, on incendiait un bûcher sur lequel étaient placés, – comme offrandes, – des fruits et des animaux. Selon Gébelin, cette coutume d'allumer les bûchers à l'époque du solstice aurait succédé aux feux sacrés qu'on embrasait alors à minuit, chez les Orientaux, qui figuraient par cette flamme le renouvellement de l'année et rendaient en même temps un culte au soleil. On dansait autour des feux de joie, et les plus agiles sautaient par-dessus. En se retirant chacun emportait un tison, et le reste était jeté au vent pour qu'il emportât tous les malheurs comme il emportait les cendres. Plusieurs siècles après, lorsque le solstice ne fit plus l'ouverture de l'année, on continua néanmoins l'usage des feux à la même époque, par suite de l'habitude et des idées qu'on y avait attachées. »

Autrefois, à Paris, le roi assistait à la cérémonie du feu de la Saint-Jean, qui avait lieu sur la place de Grève, et cet usage remontait au moins au règne de Louis XI. On plantait, au milieu de la place, un mât de soixante pieds de hauteur, hérissé de traverses de bois auxquelles on attachait un nombre considérable de bourrées, de cotrets et de pièces d'artifice, puis on amoncelait, au pied, du bois et de la paille. On avait aussi la coutume barbare de suspendre au mât un grand panier qui contenait des chats et des renards destinés à être brûlés vifs. Ces pauvres animaux poussaient des cris horribles qui réjouissaient les cœurs des grands de la cour. Quand le feu avait tout consumé, le roi montait à l'hôtel-de-ville où on lui servait une collation.

Les Bretons conservent avec soin un tison du feu de la Saint-Jean, qu'ils placent près de leur lit, entre une branche de buis bénit le dimanche des rameaux, et un morceau de gâteau des Rois. Ces objets réunis doivent les protéger du tonnerre. Les jeunes filles qui désirent se marier dans l'année n'ont qu'une chose à faire, c'est de se mettre en danse, dans une même nuit, autour de neufs bûchers de la Saint-Jean. La recette, paraît-il, vaut de l'or.

En Poitou, on entoure d'un bourrelet de paille une roue de charrette ; on allume le bourrelet avec un cierge bénit, puis l'on promène la roue enflammée à travers les campagnes qu'elle fertilise, si l'on on croit les gens du pays.

À la Ciotat, en Provence, un coup de canon donne le signal pour allumer le feu, et pendant que le bûcher élève ses flammes dans l'air, les jeunes gens se jettent à la mer pour s'y asperger réciproquement, ce qui figure pour eux le baptême du Jourdain. À Vitrolles, les habitants vont prendre, dans la même circonstance, un bain qui doit les préserver de la fièvre pendant toute l'année. Ici même l'on se précipite, dès avant le lever du soleil, dans les flots d'émeraude de notre grand fleuve, avec une pensée moins condamnable bien qu'entachée aussi de superstition. On ne sait pourquoi, mais l'on attend de cette immersion des effets merveilleux.

Mais, un jour, en 1834, à l'inspiration d'un noble citoyen de Montréal, M. Ludger Duvernay, la Saint-Jean s'est transformée en une fête nationale et religieuse ; elle est devenue, sous le nom glorieux de Saint-Jean-Baptiste, l'expression heureuse, forte, admirable des sentiments d'amour et de foi, de patriotisme et de religion du Canadien-français. Allez dans toutes les villes, dans les villages, dans les campagnes, et vous verrez comme le peuple se réveille ce jour-là, et comme il parle haut de ses affections sacrées et de ses croyances indestructibles. Les maisons prennent un air de fête inaccoutumée ; les citoyens circulent, les groupes se forment, les drapeaux se déploient, les processions défilent, les fanfares éclatantes jettent leurs flots d'harmonie sur la terre, et, dans le ciel, les cloches d'airain, du haut des tours, jettent à toute volée leurs chants incomparables ! Et le peuple s'agenouille et prie. Il sait, en ce grand jour, unir dans une heureuse mesure, les plaisirs et les amusements de la terre avec les pensées et l'espérance du ciel.

L'été s'en va avec ses soleils brûlants, ses brises tièdes, et ses enivrantes bouffées de parfums ; la fenaison est finie depuis plusieurs semaines ; et, chaque jour, quelqu'un des cultivateurs, fauche sa dernière planche d'avoine ou lie sa dernière gerbe de blé. Les oiseaux chantent encore dans les *cénelliers* qui bordent la route, et les jeunes filles et les garçons vigoureux chantent aussi en allant à la moisson. Mais nulle part les voix ne sont plus vives, les refrains plus gais que dans ce groupe qui monte sur la terre de Jean-Baptiste Laliberté. C'est que, chez Jean-Baptiste Laliberté, on fête la grosse gerbe aujourd'hui.

Nous avons passé les jours gras ensemble ; nous avons ensemble allumé les feux de la Saint-Joseph et de la Saint-Jean, ensemble encore nous fêterons la grosse gerbe. Il n'y a plus un seul épi debout ; la faulx impitoyable a tout abattu. Déjà la récolte presque entière est entassée sous le toit de la grange en attendant le fléau primitif ou le moulin vorace enfanté par le progrès. Cependant une pièce encore n'a pas été serrée ; mais la javelle attend la hart ; et, si l'on on juge par l'empressement de ce groupe que l'on vient d'apercevoir, elle n'attendra pas longtemps. En effet, gars et fillettes, les mains protégées par l'antique mitaine de cuir rouge, se courbent sur le champ pour amasser le blé, et se relèvent tour à tour ou tous ensemble pour aller déposer – sur le lien de coudre – les épis javelés. Les lieurs n'ont pas une minute de repos, et penchés sur la gerbe qu'ils pressent du genou, pendant que leurs amis rient, chantent et badinent, ils n'ont chacun qu'une pensée et qu'une ambition : lier plus vite et mieux que les autres. Ils ont raison, car les liens, les honnêtes du moins, ne se forment jamais trop vite et se brisent toujours assez tôt.

Mais la récolte est rentrée, le champ est nu, et le chaume dresse partout ses tiges perçantes. Il ne reste plus qu'une gerbe à faire, c'est la dernière, c'est la grosse gerbe ! Tous les travailleurs redoublent de zèle. Deux harts des plus longues lui font une ceinture qui fait gémir sa taille souple. On la met debout, on noue des fleurs à sa tête d'épis et des rubans à sa jupe de paille. Puis, en se tenant par la main, l'on danse autour des rondes alertes. On épuise le répertoire des vieux chants populaires, et l'on remplit le ciel de rires, de murmures et de cris. Les petits oiseaux sont jaloux de ces chants nouveaux qui s'élèvent du sein de la prairie : ils protestent de leur plus douce voix ; et les bêtes à cornes, surprises ou émerveillées, regardent de loin avec leurs grands yeux pensifs.

Enfin, la gerbe est placée au milieu d'une grande charrette, tous les moissonneurs s'entassent alentour, et le cheval, orné de pompons rouges ou bleus, selon sa couleur politique, se dirige à pas lents, – écoutant crier l'essieu, ou songeant à l'inégalité des conditions – vers la grange où la gerbe orgueilleuse va dormir, oubliée parmi les petites et les humbles, son dernier sommeil.

La fête de la grosse gerbe se termine par une soirée de jeux et de danse comme toutes les autres réjouissances populaires.

Cette coutume de célébrer ainsi la rentrée de la moisson, nous vient aussi de France. Là, dans la plupart des départements, elle est encore dans toute sa vigueur ; mais ici, elle s'en va,... elle est partie...

Je l'ai dit, il y a un instant, nous devenons froids et sérieux... peut-être nous moralisons-nous de plus en plus. Si nous nous refroidissons, cela est dû, – je l'ai dit aussi – à notre ciel inclément ; si nous nous moralisons – il m'est doux de le reconnaître – c'est grâce à nos prêtres dévoués. En France, dans la Bourgogne, surtout, où le vin, si l'on on croit la chanson, met la belle humeur au cœur, la grosse gerbe est célébrée avec magnificence. Le prêtre la bénit, et ensuite, s'il n'ouvre pas la danse lui-même, il se plaît du moins à voir la jeunesse s'amuser. Autre temps, autres mœurs ; on peut dire avec autant de vérité : autre pays, autres coutumes ; et ce qui semble de la licence ou de la légèreté de mœurs, peut n'être qu'une innocente expression du caractère frivole ou gai d'un peuple. Les peuples, comme les individus gais ou frivoles, sont rarement susceptibles de grandes passions.

Le souvenir de la grosse gerbe commence à s'effacer déjà, car nos cœurs sont inconstants, et nous avons à peine goûté un plaisir que nous en cherchons un autre. Quand les champs sont nus, et que les bêtes à cornes ont été envoyées dans les chaumes, on reporte ses regards sur les jardins et l'on cherche les planches de blé d'Inde, car, une belle plantation de blé d'Inde, c'est le gage d'une joyeuse épluchette. Plusieurs de mes lecteurs n'ont pas eu, sans doute, la bonne fortune d'aller aux épluchettes, et ne connaissent pas les douces émotions que fait naître dans le cœur de l'heureux éplucheur qui le trouve, un épi de blé d'Inde rouge. Moi je puis vous parler sciemment de ces choses... *quorum pars magna fui*, dirai-je avec le poète latin. Mais, d'abord, je me hâte de déclarer qu'épluchette est un mot tout à fait canadien de même qu'éplucheur, dans le sens que je lui donne ici. Il faut que je sois précis, car la critique a les dents pointues.

Une pyramide de blé d'Inde a surgi comme par enchantement au milieu de la salle, disons plutôt de la cuisine, – car chez nous les habitants, on ne connaît que trois sortes d'appartements : la cuisine, la chambre, et le cabinet. La cuisine, c'est la pièce principale, et la plus grande partie de notre vie s'y passe. Je ne veux rien insinuer de méchant en disant cela. Je veux seulement dire qu'elle est à elle seule presque toute la maison ; c'est là que l'on fait bouillir la marmite, que l'on reçoit les intimes, que l'on dîne et que l'on travaille... La chambre, c'est outre chose. On y entre aux quatre grandes fêtes de l'année et pour les soupers du carnaval. Les *messieurs* y sont toujours admis cependant. C'est là qu'on reçoit le curé et les marguilliers. Les cabinets, ce sont les chambres à coucher ; c'est là que... l'on se réveille pour la première fois et que l'on s'endort pour la dernière... Donc, au milieu de la cuisine s'élève une pyramide d'épis chaudement enveloppés dans leurs robes – et l'on attend le signal de l'attaque. Le voici ! on se précipite, en poussant un cri de joie, à l'assaut du léger rempart. Je ne sais comment cela se fait, mais le dieu de l'amour a si bien favorisé tout le monde, que chacun se trouve auprès de l'objet aimé. On forme une ceinture aux épis, on se presse les uns contre les autres, à la seule fin, croyez-le bien, d'être plus près du blé d'Inde. Les chaises feraient perdre un espace précieux ; on les laisse dans leurs coins et l'on s'assied à terre. Un étrange froissement de feuilles sèches annonce que le travail commence. On dépouille complètement les épis qui doivent être égrenés bientôt ; on laisse trois ou quatre feuilles à ceux qui doivent être gardés en tresses. Les plus éveillés de la bande des éplucheurs ont toujours quelques ripostes à lancer, quelques drôleries à faire. C'est un besoin pour eux de faire rire les autres, comme c'est un besoin pour d'autres de rire toujours. Les feuilles tombent drues, s'amoncellent et forment bientôt de moelleux coussins. Une espérance anime les travailleurs, l'espérance de trouver un *blé d'Inde d'amour* – on appelle ainsi un épi rouge – car ce blé d'Inde est mieux qu'un talisman ; non seulement il vous préserve de la mauvaise fortune pendant la soirée, mais il vous investit d'un doux privilège, celui d'embrasser qui vous plaît. Quelquefois le possesseur de l'heureuse trouvaille dissimule son plaisir et son épi : il va traîtreusement déposer un chaud baiser sur une joue qui ne s'y attend pas, et ne produit qu'ensuite, au milieu des éclats de rire et des applaudissements, la pièce justificative ; quelquefois il pousse, de suite, un cri de joie, puis il agite comme un trophée l'épi de pourpre. Alors les yeux cherchent sur qui va tomber la faveur. Souvent la préférée – qui n'est pas sans quelque pressentiment – se trahit d'avance en rougissant tout à coup. L'épi rouge ne doit servir qu'une fois ; mais... trouvez donc une loi qui n'est pas enfreinte ! J'ai vu un épi rouge dans une épluchette où tout le blé d'Inde était jaune – j'ai vu un épi rouge sortir vingt fois d'une enveloppe vingt fois improvisée !... Ce diable d'épi provenait d'une autre épluchette ;... je crois même qu'il avait été peinturé... Ce qui fait voir que la prévoyance est une excellente chose.

Les jeunes filles qui développent un blé d'Inde d'amour, ne peuvent cacher ni leur émotion, ni leur contentement, mais d'ordinaire, elles ne se prévalent point du privilège qu'il donne. Il ne faut rien moins que les rigueurs de la loi pour les décider à s'en prévaloir, et encore se moquent-elles de la loi. Rien de beau comme cette craintive pudeur !... aussi la récompense ne se fait pas attendre, car elles ne refusent pas, ces jeunes filles, de prêter à leur ami, cet épi qui les embarrasse, et l'ami galant ne manque jamais de prouver sur le champ sa reconnaissance. Laquelle des deux choses est la plus admirable, de cette candeur ou de cette ruse ?...

Pendant que l'on travaille, le feu s'allume dans la cheminée, l'eau bout dans le grand chaudron pendu à la crémaillère, et les plus beaux épis cuisent pour le réveillon. Ceux qui préfèrent le blé d'Inde rôti n'auront qu'à s'approcher du foyer et à tourner, devant la braise, ses grains d'ambre qui vont prendre une saveur exquise. Le réveillon sera gai ; le reste de la nuit s'écoulera dans les amusements de coutume ; car toutes ces fêtes et ces corvées, ne sont, après tout, que divers chemins pour arriver au même but...

Les refrains des moissonneurs et des oiseaux sont suspendus. Octobre est venu avec son jour pâle et triste. Les feuilles se détachent des rameaux et tombent comme nos illusions ; les poètes rêveurs s'enfoncent dans les sentiers perdus pour chercher l'inspiration que le bruit épouvante... L'atmosphère est limpide, car les vapeurs de la terre ne montent plus vers le soleil, et, pour me servir d'une expression pittoresque, l'air est écho. En effet, de toutes parts et soudain, entendez-vous retentir et se multiplier des coups vifs, rapides et mesurés ? C'est la braie qui bat le lin pour le changer en une blonde filasse.

Allons à la braierie : là nous ferons encore une petite étude de mœurs. Car, pour bien connaître un peuple, comme pour bien connaître un individu, il est nécessaire de l'étudier dans ses pratiques et ses réjouissances intimes, comme dans ses coutumes et ses fêtes publiques.

Voulez-vous savoir de loin on est sise la braierie ? Regardez cette fumée bleuâtre qui monte en spirales légères au-dessus des arbres, à la lisière du bois. Un ruisseau doit murmurer tout auprès du foyer. Un enfoncement gracieux, découpé dans la côte du ruisseau, a été choisi pour l'arène où les brayeurs luttent d'adresse et d'empressement. Le brayage, c'est, comme l'épluchette, une corvée, et une corvée joyeuse et plaisante. Il serait pour le moins ennuyeux de battre seul soixante-et-quinze ou cent poignées de lin, dans une journée ; et, pour prévenir l'ennui et se fouetter le courage, on convie les amis. Chacun à son tour fait sa corvée. Rien de curieux comme de voir cette troupe active qui rompt, broie, écrase et bat le lin, d'un bras infatigable, en riant, jasant et chantant sans cesse. Et pourtant la besogne est rude, car le lin crie et se tord longtemps avant d'être débarrassé de son écorce frêle et de ses frêles aigrettes, avant de se voir métamorphoser en un panache doux et luisant comme la soie. Et les aigrettes qui volent obscurcissent l'air et retombent en pluie légère sur les travailleurs. Les plaisanteries, les agaceries, les mots drôles et les éclats de rire montent, descendent, se croisent comme les atomes de poussière dans le rayon de soleil. Oh ! le travail est facile et léger avec cet accompagnement de gaieté ! Jeunes filles et jeunes garçons, couverts de la poudre de ces combats inoffensifs, deviennent souvent encore, sous le voile de poussière qui les dissimule, des sourires qui ne manquent pas de grâces et des regards qui ne manquent pas de feu.

Pendant que les braies retentissent, la *chauffeuse* – car c'est d'ordinaire une femme qui fait sécher le lin – la *chauffeuse*, comme une vestale antique, entretient, sous l'échafaud, le feu qui ne doit s'éteindre qu'avec la journée. L'échafaud est une espèce d'échelle très large et peu longue appuyée sur quatre bâtons fixés en terre. Et sur cette échelle dont les barreaux sont simplement jetés en travers, sans être arrêtés, le lin est étendu en couches peu épaisses. Il faut que le lin soit bien sec pour se casser ainsi en milliers de parcelles sous les bois de l'instrument. La *chauffeuse* doit donc être attentive, et ne pas laisser la flamme s'endormir ; mais il faut qu'elle soit prudente aussi, et qu'elle ne risque pas de tout brûler le lin sous le prétexte de le faire bien sécher. Quand la flamme trop ardente, monte, monte, et va lécher l'échafaud, la plante fibreuse s'embrase, l'échafaud tremble, le feu bourdonne, la *chauffeuse* lève les bras au ciel, les braies se taisent, et un cri éclate : la grillade ! la grillade !...

Quand les journées de corvées sont finies, qu'il n'y a plus une botte de lin dans la grange, mais qu'il y a cent cordons de filasse au grenier et maintes bottes d'étoupe au hangar, on songe à payer les brayeurs, et l'on organise une veillée. On joue à *recule toi de là !* le plus facile des jeux et le plus commode pour ceux qui ne se trouvant pas bien à leur place. Et, mon Dieu ! qu'il y en a de ceux-là dans le monde ! On joue au *quiproquo*, un jeu qui ne finira jamais. On joue à *Madame demande sa toilette*. Comme si la toilette de madame ne coûtait rien. On *vend du plomb*, et l'acheteur se fait tirer l'oreille pour payer, tout comme s'il s'agissait d'une dette réelle. *On loge les gens du roi*, comme si la royauté n'était pas en train de déloger. On passe, de main en main, un petit bâton allumé, en disant : *Petit bonhomme vit encore*, et il paraît que le petit bonhomme vit tant qu'il a du feu, – ou qu'il a du feu tant qu'il vit. – Et puis, pour retirer des gages, on cueille des cerises sur des... joues roses. On mesure du ruban que l'on coupe à chaque verge... avec les dents. On fait la sortie du couvent ; et cela se fait vite ; les vocations ne tiennent à rien. On fait trois pas d'amour, et tant pis pour ceux qui ne les font pas assez longs... Ils sont condamnés au supplice de Tantale... Le bonheur n'arrive pas tout à fait à leurs lèvres... On fait son testament, et, à défaut de biens meubles et immeubles, l'on donne son cœur. Ce qui n'oblige à rien l'exécuteur testamentaire. Et l'on fait bien d'autres petits jeux fort amusants pour ceux qui en connaissent la philosophie.

L'hiver est arrivé. Le givre a remplacé les feuilles sur les rameaux, le ruisseau s'est changé en un ruban de cristal, la neige a jeté, sur nos plaines, son manteau éclatant de blancheur et triste, pourtant, à cause de son implacable uniformité. Les travaux des champs sont depuis longtemps finis et le cultivateur, comme la fourmi prévoyante, a rempli ses greniers. Plus de chants dans le ciel, plus de murmures dans les rameaux ; mais le sifflement de la brise et le gémissement de l'indigence. Cependant un nom mystérieux passe de temps à autre sur l'aile glacée de la rafale ; et, à ce nom, le monde tressaille. Le pauvre, en sa chaumière où il grelotte de froid et rêve du pain qu'il a vu sur la table du riche, le pauvre, sur le point de se désespérer, entend ce nom et reprend courage ; le riche entend ce nom, et sa main s'ouvre pour répandre les aumônes.

Les enfants, à ce nom, promettent d'être plus sages, et leurs jeunes imaginations voient flotter dans un océan de lumières, toutes les merveilles racontées au coin du feu par l'aïeule octogénaire. À ce nom les vieillards versent une larme de bonheur ou de regret, et leurs voix chevrotantes partent à fredonner le vieux cantique : « *Il est né le divin enfant* »...

Noël ! Noël ! voilà le nom qui vole, de bouche en bouche, du couchant à l'Orient ! Noël ! Noël ! voilà le nom qui traverse soudain les mers et les continents ! le nom qui éveille le monde et l'agite comme une immense secousse électrique. Sous les cieux brûlants du midi, aux glaces éternelles du pôle, sur les montagnes de l'Asie, dans les vallées de l'Europe, dans les déserts de l'Afrique, au fond des plages de l'Océanie, dans les solitudes de l'Amérique, partout ce cri s'élève, cri de joie, d'espérance et d'amour : Noël ! Noël !

Voilà la fête par excellence, la fête sacrée mais populaire à la fois, sacrée, parce qu'elle nous rassemble autour du berceau de Jésus naissant, populaire, à cause des charmes qu'elle emprunte à la nature, et des coutumes rien moins que religieuses, qui, à certaines époques, l'accompagnèrent. Il ne sera pas inutile d'étudier un peu ensemble cette grande solennité chrétienne. Et d'abord d'où vient ce mot Noël ? Quelques auteurs le font venir d'*Emmanuel*, « Dieu avec nous ». D'autres y voient une corruption du mot « *Natalis*, Natal. » Mais il est plus probable que ce mot vient du vieux cri druidique : « *gui l'an neuf !* » Ce cri, – qu'on abrégeait en ne prononçant que sa dernière syllabe accentuée diversement elle-même, suivant le patois, « *Neu, Ne-au* et même *Nau* en Poitou, et *Noei* ou *Noé* en Bourgogne », devint, en effet, l'acclamation joyeuse dont on salua la venue du Christ, comme au temps celtique, on en avait salué la venue de l'année nouvelle.

« On ne sait pas au juste à quelle époque on doit fixer l'institution de cette fête, mais elle est certainement de date très ancienne, puisque saint Jean Chrysostôme dit que depuis la Thrace jusqu'à Cadix, c'est-à-dire dans tout l'Occident, elle était célébrée *dès le commencement*. L'usage de dire trois messes est antérieure au VIe siècle. »

« Au moyen âge cette fête devint profane autant que religieuse ; c'était la solennité par excellence, et celle qui donnait lieu aux plus grandes réjouissances publiques. Aussi les abus qui se glissent partout l'entachèrent bientôt. On alla jusqu'à faire, dans les églises, des mascarades grotesques. Le scandale fut réprimé. Cependant il existait encore à Valladolid, en Espagne, au milieu du VIIe siècle. En Allemagne, la fête de Noël a un caractère de naïveté qu'on ne retrouve point ailleurs, parce qu'on en fait aussi la fête des enfants. »

Dans les pays du Nord de l'Europe, en Suède surtout, la famille se réunit autour de l'arbre de Noël. L'arbre de Noël, c'est un joli sapin, le plus riche en feuilles et le mieux fait que l'on ait pu trouver dans la forêt, mais tout petit et tout vert de jeunesse. On le place solennellement sur une table, et on l'entoure de lumières. Puis à ses rameaux l'on suspend les présents de toutes sortes destinés aux enfants ou aux amis.

Le Suédois le plus pauvre arbore son arbre de Noël, et pour l'éclairer un peu au moins, il brûlera la dernière de ses pâles chandelles de suif.

Là, non seulement les hommes mais les animaux aussi se réjouissent. Les crèches regorgent de foin, et du meilleur ; l'étrille est plus caressante et la litière de paille, plus fraîche et plus moelleuse. Et l'on songe aussi aux petits oiseaux qui ne trouvent plus leur nourriture dans les champs, et, sur le toit de chaque ferme, pour les défrayer un peu, on attache une gerbe de blé.

Dans la Franche-Comté, et dans presque toute la France, l'arbre poétique de Noël est remplacé par la *Tronche*.

La *tronche*, c'est une énorme bûche de sapin que l'on place avec cérémonie dans l'une de ces vastes cheminées dont on trouve encore ici-même, quelques exemplaires. Sous cette bûche sont cachés les présents que le petit Jésus a apportés aux enfants sages et obéissants. Le matin venu, la famille s'agenouille près de la bûche et prie quelques instants. Puis le père soulève peu à peu la pesante *tronche*, et les bonbons, les jouets apparaissent tout à coup aux yeux émerveillés des enfants. Ici nos petits enfants suspendent leurs bas au pied de leurs lits : ils s'endorment en rêvant aux bonbons, que le petit Jésus va mettre dedans pendant leur sommeil.

La nuit de Noël est féconde en prodiges si l'on en croit nos grands-mères. Je n'ai pu vérifier aucun des récits que j'ai entendus et je ne veux pas jurer de leur vérité.

Il paraît cependant que cette nuit-là, comme le jour des morts, les trépassés se lèvent, sortent de leurs sépulcres et viennent s'agenouiller autour de la croix du cimetière. Alors s'avance un prêtre en surplis blanc et en étole dorée ; c'est le dernier curé de la paroisse. Il récite à haute voix les prières de la nativité ; et tous les morts répondent avec dévotion. Ensuite tous ces spectres se relèvent, regardent le village où ils sont nés, la maison où ils sont morts, et rentrent en silence dans leurs cercueils.

Si cette histoire manque de vérité elle ne manque pas de poésie.

Une autre qui tombe mieux dans les goûts de notre époque, et qui a dû causer bien des insomnies aux avares, c'est celle qui nous apprend que, dans cette même nuit de Noël, les sables des grèves, les rocs des collines et les profondeurs des vallées s'entrouvrent pour faire reluire à la clarté des étoiles ou de la lune, les trésors cachés dans leur sein. Cette croyance n'aurait-elle pas eu pour point de départ la plus étonnante et la plus heureuse des vérités : les entrailles de la terre qui produisent un Dieu, et l'étoile mystérieuse du ciel qui rayonne sur l'humble berceau de ce Dieu, pour le faire adorer des hommes. *A periatur terra et germinet salvatorem.*

Une histoire plus singulière encore que les précédentes, et bien facile à vérifier est celle-ci.

Dans cette nuit extraordinaire, les hommes – j'allais dire les femmes – ne parlent pas plus qu'à l'accoutumée, mais, en revanche, les animaux sont doués du don magnifique qui permet de déguiser sa pensée... ils parlent ! Oui ! bœufs et génisses, chevaux et brebis se font des confidences étranges et qui surprendraient bien leurs maîtres. Ils se disent, d'une voix dolente, comme le foin est sec et l'avoine, rare. Ils se rappellent leurs ébats dans la prairie, et secouent tristement la chaîne du licou qui les captive. Ils pensent... Mais je n'en finirais plus si je disais tout ce que pense de nous les animaux.

« Si la Noël a exercé l'imagination des conteurs, elle n'a pas moins inspiré les poètes ; et le nombre des cantiques qui se chantent dans le monde catholique à la Nativité est étonnant. Si tous ces couplets sont le fruit de la piété, la plupart – il faut bien le dire, – ne sont pas le produit du génie. Cependant, comme Dieu ne juge pas les hommes d'après leur esprit, mais bien d'après leurs cœurs, on peut croire que ces chants – même les plus vulgaires – lui sont agréables. Saint Jérôme rapporte que, de son temps, les chrétiens de la Thébaïde célébraient par des cantiques la naissance du Christ. Ce sont, dit-il, les chansons de nos provinces et les airs de nos bergers, importé dans l'Europe chrétienne, cet usage des chants rustiques en l'honneur de la Nativité dut – pour rester fidèle à son origine populaire – s'accoutumer de l'idiome national, et se plier au rythme des airs de la campagne. En Italie ces chants conservaient si bien le caractère agreste qui leur convenait qu'on les avait d'abord appelés « pastourelles, ou cantiques des pasteurs ». En Angleterre, ces cantiques se chantèrent sur des airs de rondes champêtres, aussi les appela-t-on « Christmas carols », les rondes de Noël. Il paraît même que ces cantiques se chantaient, la veille de Noël, au milieu des danses, dans les cimetières des églises. »

Noël ! Noël ! Dans nos campagnes heureuses, à ce cri d'allégresse, tous les habitants, dès avant minuit, s'acheminent vers le sanctuaire. Ils vont dans la nuit profonde, vers celui qui est la lumière ! Les étoiles brillent au firmament et la neige de nos pères scintille sous leurs rayons joyeux. Les cloches s'ébranlent sur leurs essieux, et, de leurs voix harmonieuses, annoncent dans toutes nos paroisses, dans toutes les villes, l'hosanna qui va de monde en monde jusques au Parvis des cieux ! Et le vieillard courbé sous le fardeau des années, l'enfant qui s'épanouit à la vie, l'homme, la femme et la jeune fille ; les riches dans leurs vêtements somptueux et les pauvres dans leurs haillons ; les heureux qui sourient et les infortunés qui pleurent, tous, tous – obéissant à une même pensée, attirés par le même spectacle merveilleux, poussés par une même force surnaturelle – oublient, pour un instant, les choses de la terre, rejettent le souvenir des fêtes passées, et, tout entiers à l'ivresse de la solennité nouvelle, la plus belle, la plus sainte et la plus populaire des fêtes, s'en vont chantant partout : Noël ! Noël !

Son cœur était pris. À la vérité, elle ne l'avait pas défendu, car elle voulait un maître, et elle se sentait faite pour la servitude, la douce servitude des âmes tendres, qui portent comme un trophée les chaînes de l'amour, et comme un diadème la couronne d'épine des épreuves.

Ce n'était pas dans les enivrantes fêtes du monde qu'elle l'avait rencontré. La lumière un peu aveuglante des candélabres dorés n'avait jamais enveloppé, de son chaud rayonnement, la tête un peu mutine de cette libre fille des champs. Mais le cœur se réveille aussi bien dans le calme endormeur de la vallée que sur les cimes bruyantes qui regardent le ciel ; et les amitiés qui naissent au soleil de la prairie ou sous la ramure parfumée, gardent toujours quelque chose de leur suavité première.

Ensemble, aux jours de leur enfance, ils avaient fréquenté l'école du village. Elle, plus jeune et plus studieuse, lui, moins adonné à l'étude qu'au jeu, et regardant souvent, d'un œil coquin, par-dessus son livre ouvert, la petite écolière du banc voisin.

Ils avaient marché, poussés par la foule qui se hâte vers l'avenir, et quinze ans après, Joséphine Duvallon, la petite studieuse d'autrefois, était une grande brune, fraîche et rose comme un fruit mûr, et Mathias Padrol, son petit ami, robuste, large d'épaules, la lèvre marquée d'une moustache noire en accent circonflexe, passait à bon droit pour le plus faraud de la paroisse. Il n'en était pas le plus beau. Jean-Paul Duvallon, le frère de Joséphine, avait meilleure tournure. Puis son œil bleu plein de rêves troublait agréablement les jeunes âmes. Les sensibles villageoises se tournaient vers lui comme les marguerites des prés se tournent vers la lumière. Mathias aurait été jaloux s'il n'eût aimé la sœur de son ami.

Un jour ils partirent ensemble, Mathias et Jean-Paul, pour courir après la fortune. Ce fut un jour de deuil pour leurs familles et pour la jeunesse de la paroisse.

L'absence avait duré trois ans et les jeunes voyageurs parlaient de leur retour au pays. Cependant Mathias revint seul. Il avait le teint bronzé par le soleil, les mains gercées par le travail, le front traversé par une ride, le regard chargé d'une lueur singulière. Avec cela tout fier d'être au milieu des siens, pendant que ses compagnons peinaient encore là-bas, dans les montagnes de la Californie, le pic à la main pour déterrer les filons d'or, le pistolet à la ceinture pour se défendre contre les bandits.

Lui, il avait été très heureux. Sa bêche infatigable avait découvert d'inépuisables veines, et il avait marché dans la poussière d'or comme d'autres marchent dans la boue. Il ne s'était pas montré souvent, dans les rues de San Francisco, redoutant les appels séduisants des chopes mousseuses, des tapis verts, des alcôves sombres. Il avait mieux aimé la vie solitaire dans les âpres montagnes, les jours laborieux, les nuits reposantes sous les rameaux embaumés.

C'était lui qui disait cela.

L'espoir d'éblouir sa paroisse par l'éclat de sa fortune avait été un aiguillon puissant, il ne le cachait pas. Il aimait les richesses et, dans sa vanité, il ne lui déplaisait nullement d'éclabousser ses amis restés gueux.

Maintenant l'heure du repos sonnait. Il allait jouir en paix du fruit de ses labeurs ; il se promettait une longue existence de plaisirs.

Bien des jeunes gens lui portaient envie et regrettaient de ne l'avoir pas suivi au pays de l'or. Ils ne songeaient pas aux autres qui n'étaient point revenus, à Casimir Pérusse, à Robert Dulac, à Jean-Paul Duvallon, le frère de Joséphine, la sage petite écolière d'antan.

Oui, ce Mathias Padrol, il faisait bien des jaloux.

Le lendemain de son arrivée on était venu le voir d'une lieue à la ronde. La maison s'était remplie. On avait ouvert la chambre de compagnie comme pour le curé, et c'est là qu'on était venu lui serrer la main d'abord ; mais bientôt les fumeurs avaient fait irruption dans la cuisine, et les femmes s'étaient groupées un peu partout. Il fallait bien le voir et l'entendre. Lui, il passait d'une pièce à l'autre, fier de cet empressement, agitant la grosse breloque d'or qui pendait à sa chaîne de montre, et montrant comme par hasard l'énorme chaton qui lui embarrassait les doigts.

Les Duvallon étaient accourus les premiers. Le père, la mère et la fille. C'était là toute la famille maintenant. Ils ne demeuraient pas loin ; la quatrième terre en gagnant l'église. Ils avaient espéré presser sur leur cœur l'enfant prodigue, mais Jean-Paul ne se trouvait pas encore riche, et il restait là-bas, dans l'ennui, guettant une dernière occasion de réaliser de jolis bénéfices.

Pourtant il avait écrit qu'il partirait avec Mathias. Ils ne s'étaient jamais séparés, ils ne se sépareraient jamais... Entre son vieux père et sa vieille mère, il pouvait vivre heureux sur le bien des ancêtres... Il avait même laissé deviner un secret qui jetait l'âme de sa sœur dans un doux émoi : ils seraient, Mathias et lui, unis bientôt par un lien plus fort que l'amitié. Cela dépendrait d'elle, Joséphine...

La mère Duvallon pleurait, Joséphine se consolait, disant que c'eût été trop de bonheur à la fois. Le père était songeur et ne disait mot.

– Il reviendra, affirmait Mathias, ne vous découragez point... Le temps de régler certaines affaires importantes... Vous le reverrez, bien sûr... Il m'a prié de vous embrasser tous et de vous dire de vivre sans inquiétude...

– Et nous autres qui comptions l'avoir à notre petite fête du foulage ! s'écria la mère Duvallon, en s'essuyant les yeux avec le coin de son tablier.

En ce temps-là la vie des champs était plus rude qu'aujourd'hui, mais elle était plus belle. Les rapports entre les voisins étaient plus intimes ; les mœurs avaient encore quelque chose de patriarcal. La paroisse était une grande famille tenant feu et lieu un peu partout : à la « grand-côte » et dans les « concessions », sous l'œil du curé et des vieillards.

L'industrie dormait. La machine n'avait pas remplacé les bras et la corvée florissait. Non pas la corvée humiliante et lourde de la féodalité, qui taillait le peuple à merci, mais la corvée de la liberté chrétienne qui s'empresse à secourir la souffrance.

Et parmi ces petites fêtes du travail, le foulage des étoffes de laine n'était pas sans originalité.

La mère Duvallon, qui portait allègrement ses soixante années, avait filé bien des aunes pendant les longues soirées de l'automne. Et toujours, pour accompagner le grondement du fuseau où se tordait le brin soyeux, un refrain d'ancienne chanson avait voltigé sur ses lèvres. Joséphine, debout devant le métier bruyant, avait tissé les étoffes nouvelles. Le bourdonnement du rouet, le claquement des marches sous des pieds vaillants, la course étourdissante de la navette sur la chaîne, le choc vif et dur des lisses sur la trame... tout cela avait rempli la maison d'un bruit singulier, et ceux qui passaient devant la porte se détournaient pour voir un peu les bonnes ouvrières et mieux entendre les joyeux échos du travail.

Maintenant plusieurs pièces d'étoffes, roulées avec soin et recouvertes d'un drap, à cause de la poussière, attendaient, au grenier, l'heure du foulage. Elle arriva.

Quand les invités entrèrent, le grand chaudron pendait à la crémaillère, au-dessus d'une flamme vive, dans la vaste cheminée de la cuisine. Dans cette ardente lueur du brasier, avec sa robe de suie, il paraissait plus noir. L'eau dont il était plein commençait à frissonner sous les rayons de la chaleur, et une buée légère, bientôt évaporée, cachait à demi le crochet de fer et les pièces enfumées de l'antique instrument. Dehors, sur des foyers de cailloux tout étroits, il y avait des feux de sarments qui pétillaient, et, sur ces feux, dans plusieurs ustensiles, l'eau bouillante chantait aussi.

Une auge longue, profonde et large comme un canot de voyageurs, occupait le milieu de la pièce ; et, tout près, à l'un des bouts de cette auge, on avait placé un dévidoir solide. Des bâtons de merisier ou de bouleau, dépouillés de leur écorce, durs et pesants, étaient rangés le long de la cloison.

Mathias Padrol était venu l'un des premiers. Il lui tardait de voir Joséphine et de lui dire comme il l'avait trouvée jolie, le dimanche précédent, quand elle avait fait la quête, à l'église, pour la chapelle de la Sainte Vierge. Il n'était pas, toutefois, sans éprouver un serrement de cœur, en songeant qu'il faudrait parler encore de Jean-Paul, son compagnon demeuré là-bas.

– À l'ouvrage, mes enfants, commanda le père Duvallon, voici les pièces d'étoffes qui descendent du grenier.

– Que ceux qui ont de bons bras prennent les rames, ajouta madame Duvallon en montrant les rondins sans écorce qui faisaient des lignes claires sur le bleu sombre de la cloison.

La première pièce se déroula lentement et descendit dans l'auge pleine d'eau.

– Au nouvel arrivé, au voyageur des « pays hauts », l'honneur de commencer, proposa Pierre Beaulieu, le premier voisin.

Un murmure approbateur suivit.

Mathias Padrol alla prendre un des plus longs gourdins et vint se placer auprès de l'auge. D'autres firent comme lui. Ils étaient six, trois d'un côté, trois de l'autre. Ils formaient la première « escouade ». D'un bras nerveux, avec leurs bâtons, ils poussèrent de-ci de-là, dans l'auge profonde, le tissu neuf qui s'imbiba d'eau chaude et devint très lourd.

Ils chantèrent des « chansons à la rame », des chansons aux refrains cadencés que toutes les voix répétaient, et leurs bâtons, en poussant l'étoffe, s'enfoncèrent dans l'eau comme des avirons. Quand ils les relevaient des gouttes brûlantes ruisselaient comme des colliers de perles, avec un bruissement clair.

– Drôles de canotiers qui se tiennent debout en dehors de leur canot, et plongent leurs pagaies en dedans, fit une jeune fille, avec un éclat de rire.

– C'est qu'il n'y a plus d'eau dans la rivière, depuis que le père Chiniquy a prêché la tempérance, répliqua l'un des « fouleurs ».

– Si les jeunes filles venaient nous aider à ramer, la barque irait plus vite, observa un autre.

– Et l'aviron pèserait moins, affirma un troisième.

Quelques jeunes filles des plus rieuses s'empressèrent de mettre leurs mains blanches sur les pagaies d'un nouveau genre, et l'étoffe roula dans sa couche humide avec un élan rapide. Des couplets d'un mouvement plus rapide accompagnèrent le murmure de l'eau tourmentée. Il y avait des moments de repos. Puis d'autres jeunes gens s'approchaient à leur tour de l'immense vaisseau où trempaient les aunes de drap neuf et continuaient avec ardeur l'ouvrage commencé.

On avait jeté dans l'eau chaude quelques morceaux de savon fait à la lessive et des bulles où s'allumaient de douces lueurs semblaient sourdre comme des étincelles du fond noir de l'auge, et une écume légère et blanche s'attachait comme une dentelle fragile aux longues parois.

Parfois une aigrette humide se détachait du tissu violemment secoué, et venait s'abattre sur une robe rose ou sur un gilet noir. Des rires éclataient, et la robe ou le gilet s'en allaient se sécher poétiquement à la flamme du foyer.

C'est ainsi que Mathias et Joséphine, robe et gilet largement éclaboussés, s'appuyèrent au manteau de la cheminée. La flamme ondoyait, les vêtement séchaient, et les cœurs se réchauffaient. Tous les foyers bien attisés peuvent incendier les âmes sans brûler leur chétive enveloppe.

Sur le grand dévidoir lentement tourné par des bras fermes, les aunes d'étoffes s'enroulèrent, trempés, chaudes, fumantes, et l'eau tombait en gouttes pressées, comme d'un nuage qui crève. Des femmes, un balai de cèdre à la main essuyaient à mesure les ravages de l'ondée ; et le plancher, sous le frottement des branches odorantes, prenait les clartés douces d'un brouillard au lever du soleil.

Au travail succéda le plaisir, un plaisir fait de danses qui roulaient comme des tourbillons, de chansons lancées à plein gosier, de causeries jetées par bribes d'un bout à l'autre de la salle.

Cependant, retirés dans un coin de la pièce, assis sur un coffre peint en bleu, près du lit de « parade », dont les rideaux de toile tombaient jusques à terre, Mathias et Joséphine avaient longtemps parlé tout bas, comme des amoureux qui ont peur d'ébruiter leur secret. Albert Dupuis, le menuisier qui avait bâti la maison du père Duvallon, un honnête homme et un bon ouvrier, avait jeté souvent de leur côté un regard inquiet et jaloux. Depuis longtemps il aimait la jeune fille en silence et avec discrétion. Maintenant il regrettait de ne pas lui en avoir « parlé » plus tôt. Le premier est toujours le premier.

Il faut se reposer de la danse et des jeux comme on s'était reposé du travail. Il fallut calmer la faim qu'avaient aiguisée l'exercice et la gaieté. Le réveillon survint. Il fut accueilli avec enthousiasme. Au dessert, après les chansons, Mathias fut prié de raconter quelque chose. Il parla de son retour.

Ils étaient partis plusieurs ensemble pour revenir au pays. Ils avaient traversé les montagnes et les prairies, armés comme pour la guerre, car les sauvages qui errent dans ces contrées lointaines sont traîtres et féroces. Ils avaient marché par des sentiers ardus, le long des ravins ténébreux, au-dessus des précipices où grondaient des torrents invisibles. Ils avaient escaladé des rochers abrupts calcinés par le soleil. Grâce à leur connaissance de la forêt, à leur prudence, à l'ombre des arbres touffus, ils traversèrent heureusement la chaîne des Rocheuses, et descendirent dans l'immense prairie qui s'étend comme un océan sans limites vers le soleil levant. Désormais il fallait marcher à ciel ouvert. Plus de savane, plus de rochers, plus de ravins pour les protéger. S'ils étaient aperçus par les Indiens, ils seraient attaqués, et, s'ils étaient attaqués, pourraient-ils se défendre avec succès et sauver leur vie ?

Ils cheminaient à grands pas dans le foin qui recouvre d'un voile mouvant l'immensité de la plaine et en cheminant ils regardaient à l'horizon, pour voir si la silhouette de quelque bande ne s'y lèverait point comme nuage menaçant.

Un soir, dit-il, le soleil, descendu lentement du ciel bleu, s'enfonçait dans les vagues lointaines de la prairie comme un œil sanglant qui se serait fermé, et les herbes légères qui ondulaient au souffle du vent paraissaient bercer des éclairs. Nous nous étions arrêtés pour contempler ce spectacle magnifique, et par instant, nous ne pouvions nous défendre d'un frisson de peur, car il nous semblait que le feu s'était allumé dans cet océan de verdure aride, et qu'il s'avançait sur nous avec la rapidité du torrent.

Tout à coup, dans ce rayonnement merveilleux de la prairie, à une distance immense, nous aperçûmes des ombres qui s'agitaient. Des profils d'hommes et de chevaux se dessinèrent peu à peu, noirs et superbes, sur le fond de lumière. Les chevaux couraient, les hommes étaient armés. On ne traverse point ces déserts sans carabines, revolvers ou poignards. Nul doute, c'étaient des Indiens à la recherche d'une caravane ou fuyant après un pillage.

Les ombres grandissaient en se détachant de l'horizon de feu. La troupe se dirigeait sur nous. Était-ce hasard ? Nous avait-elle aperçus ? Impossible de fuir ; nous n'avions pas de montures, et les coursiers sauvages venaient comme le vent. Nous étions cinq, les Indiens paraissaient une cinquantaine. Et puis, ces hommes-là sont d'une adresse incroyable. Debout sur leurs chevaux au galop, ils lancent le lasso qui étrangle, la flèche qui transperce ou la balle qui foudroie.

Nous eûmes un moment d'angoisse extrême et nous nous dîmes adieu.

Jean-Paul s'écria :

– Si je meurs, si vous vous sauvez...

– Jean-Paul ! firent ensemble les Duvallon, stupéfaits.

– Il est donc mort ! s'écria la mère d'une voix brisée par le désespoir.

Mathias, pourquoi nous avoir caché cela ? reprocha Joséphine, en laissant tomber sur sa main sa figure inondée de larmes.

Le père Duvallon se leva de table et se prit à marcher à grands pas. Il murmurait :

– Jean-Paul... Mon pauvre enfant !... Mon Dieu ! c'est-il possible ?

Et tout le monde se mit à parler à la fois.

C'était un bruit sinistre de plaintes, de regrets, de soupirs, de sanglots. Mathias eut un moment de frayeur. On l'entendit murmurer entre ses dents serrées par le dépit :

– Ai-je été assez bête ?

Cependant on crut bien que ce mouvement de colère venait de la peine qu'il causait à cette brave famille Duvallon. Il s'en voulait. Il ne pouvait toujours plus se taire maintenant. Il fallait tout dire. Le mal, au reste, n'en serait pas plus grand ; le coup était porté.

Il se remit. Il reprit son assurance et retrouva sa verve.

– Voici, continua-t-il, il ne faut jamais se hâter de publier les mauvaises nouvelles. Pourquoi faire pleurer les gens aujourd'hui, si l'on peut attendre à demain ? Voilà pourquoi j'ai été discret. Et puis il n'est pas sûr que Jean-Paul ait été tué. Il peut revenir. Vous savez, dans ces immenses prairies on se perd, on s'égare, on prend des routes qui ne conduisent pas toujours où l'on veut aller. Il est peut-être dans les mines, à piocher de l'or, et il attend une caravane pour revenir. C'est plus sûr, une caravane...

Il allait, il allait...

– Oh ! ce sont des illusions, des illusions ! interrompit le père Duvallon.

– Le cher enfant, il est bien mort ! il est bien mort ! sanglotait la pauvre mère.

Joséphine se retira dans sa chambre pour pleurer, et on l'entendit gémir, car la porte resta entrouverte. Ses meilleures amies, entrées avec elle, s'efforçaient de la consoler.

Et puis, chacun évoquait le souvenir du malheureux jeune homme. On parlait de son enfance et de sa jeunesse, de ses alternatives de douce gaieté et de singulière tristesse. On vantait son amour du travail, sa complaisance, sa sensibilité. Il était pieux, il était fidèle à ses amitiés.

Un vieux chantre au lutrin, le père José-Henri qui mettait sa gloire à chanter plus haut que les autres les psaumes des vêpres, raconta comme il se hâtait de se rendre à l'église, le dimanche, pour servir la messe ou s'asseoir dans les stalles dorées du sanctuaire, avec les autres enfants de chœur. Il se souvenait de son air digne et de sa démarche mesurée, alors que vêtu de sa jupe noire et de son surplis blanc aux larges manches, il était thuriféraire, les jours de grande fête. Nul mieux que lui ne balançait l'encensoir d'argent. Il faisait, d'un geste aisé, décrire à la chaîne luisante une courbe gracieuse ; et l'encensoir retombait mollement, sans bruit et sans perdre le feu béni, puis remontait encore, trois fois pour le curé, trois fois pour chaque côté du chœur et trois fois pour le peuple.

Alors un nuage d'encens roulait dans l'air tiède de l'église, et s'étendait comme un voile de gaze azurée sous les arceaux de la voûte.

Cependant l'on entourait Mathias. Il fallait savoir comment cela avait fini, cette attaque des Indiens.

– Dis tout, raconte tout ce que tu sais, cela vaut mieux, observa le père Duvallon.

Mathias, s'efforçant de paraître ému, reprit d'une voix basse, comme s'il eut eu peur de réveiller de nouvelles douleurs :

– Il ne fallait pas songer à demeurer ensemble, car le groupe que nous formions pouvait être vu d'une longue distance. Chacun prit donc de son côté, au pas de course, et chercha une cachette sous les touffes de foin, dans les replis du sol qui sont comme les ondulations des eaux. Pour moi, je me jetai immédiatement à terre, et j'attendis, dans une terreur que je ne saurais peindre et en conjurant le ciel de me prendre en pitié, l'arrivée de la bande cruelle.

Je m'imaginais que mes compagnons, poussés par l'instinct plutôt que guidés par la réflexion, se sauveraient aussi loin que possible et seraient en conséquence observés plus longtemps. J'avais raisonné juste. J'aurais voulu retenir Jean-Paul, mais il était déjà loin.

Au bout de quelques instants j'entendis le galop des coursiers. Il produisait un grondement sourd comme le tonnerre qui roule, et le sol frémissait sous mes membres immobiles. L'ardente chevauchée approchait. Elle approchait en poussant des clameurs féroces. Soudain je me vis enveloppé d'un nuage horrible. Une sueur froide m'inonda et je me pris à trembler comme dans la fièvre.

Elle courait toujours. Elle s'éloignait. Je n'avais pas été vu. Le bruit infernal allait mourant. Mais voici qu'un hurlement nouveau remplit les airs, un hurlement de joie. Mes compagnons avaient été découverts, sans doute ; quelques-uns d'entre eux, du moins. Je n'osais pas remuer, de crainte de me trahir, et toute la nuit je restai couché sous le foin qui m'avait sauvé.

Le matin, quand les sauterelles et les criquets se mirent à voltiger au-dessus des brins de mil, ou à crier leurs rauques saluts au soleil levant, les Indiens avaient disparu, et je me trouvais seul au désert. J'appelai mes compagnons, mais nulle voix ne répondit à la mienne. Que sont-ils devenus ? Ont-ils été tués ? Sont-ils prisonniers ? Je l'ignore.

Deux fois les jours sombres et courts de l'automne s'étaient enfuis comme des volées de corbeaux, et deux fois l'hiver, de son écharpe de neige, avait enveloppé nos campagnes endormies. Noël avait chanté l'hosanna auprès de l'Enfant Dieu et le monde avait de nouveau tressailli d'allégresse au souvenir du plus consolant des mystères. Le carnaval avait encore secoué ses grelots éveillés au milieu de la foule distraite, puis le carême était venu mettre un peu de cendre sur la tête des chrétiens en leur murmurant d'une vois grave :

« Homme, souviens-toi que tu n'est que poussière et que tu retourneras en poussière ! »

On était au dimanche de Pâques fleuries, et les jours de grande tristesse qui allaient venir seraient suivis d'un solennel et joyeux alléluia. Un alléluia joyeux surtout pour les jeunes gens qui devaient se jurer un éternel amour au pied des autels. Et parmi ces heureux que proclamait la rumeur se trouvaient Mathias Padrol et Joséphine Duvallon.

Le père Duvallon avait besoin d'un homme pour l'aider à ses travaux. Le rude labeur de toute une vie aux champs commençait à peser sur ses épaules, et les ouvriers se faisaient rares. Les mines d'or de la Californie et les manufactures de la république voisine attiraient toujours la jeunesse.

Elle entendait, dans un rêve obsesseur, le bruit des machines puissantes ; elle voyait les étincelles des paillettes d'or. Il fallait partir. Mathias demeurerait avec son beau-père. Il serait l'enfant de la maison, puisque Jean-Paul ne revenait point.

Les bans furent publiés du haut de la chaire. Première et dernière publication. La chose fut remarquée, parce qu'à cette époque on ne se dispensait pas aisément des trois publications exigées par la discipline de l'Église. On savait que Mathias avait de l'argent et qu'il aimait à trancher du grand.

Les invités à la noce étaient nombreux. Le père Duvallon se serait bien donné garde d'oublier un parent ou un ami. Il n'aurait voulu froisser personne, d'abord ; puis, il aimait bien s'amuser un brin. Mathias et les siens, un peu vaniteux, auraient préféré trier les convives. Ils durent cependant ouvrir grande la porte, pour ne pas déplaire au père Duvallon. Et puis, ça n'arriverait toujours qu'une fois.

Le matin était un peu froid, mais les chemins étincelaient comme des ceintures diamantées sous les reflets d'un beau soleil d'avril. Le soleil, un jour de mariage, semble un gage de bonheur. L'union sera sans nuages.

Une longue file de voitures se dirigea vers l'église. On entendait de loin la gaie musique des sonnettes argentines et des grelots sonores. De loin on voyait glisser sur l'éclatant tapis de neige les profils sombres des chevaux et des « carrioles ».

Les cloches voulurent être de la fête, et, quand la noce franchit le seuil de l'église, elles jetèrent dans le ciel limpide les éclats joyeux de leurs grosses voix d'airain.

La cérémonie tardait un peu. Le servant n'arrivait pas. Les cierges étaient allumés dans leurs chandeliers d'argent ciselé, deux sur l'autel et six sur le balustre, auprès des vases de fleurs artificielles, devant les mariés. Leurs petites flammes douces étoilaient de points d'or le sanctuaire vide.

L'officiant s'était habillé tout prêt pour la messe. Il avait mis un vêtement riche, comme les jours de grande fête une chasuble de soie blanche, toute moirée, avec une large croix et des guirlandes de roses brodées en or. Il attendait debout devant la haute armoire de la sacristie, vis-à-vis un crucifix d'ivoire. Il s'impatientait. On a beau avoir de la douceur, on ne saurait empêcher la bile de s'échauffer un peu quand on attend par la faute d'un autre.

Enfin, la porte s'ouvrit, et deux jeunes garçons se précipitèrent vers la garde-robe où pendaient les surplis.

Le prêtre murmura :

– Deux maintenant... Aurait mieux valu un seul qui serait arrivé plus tôt.

Les petits servants se hâtaient de se vêtir. L'un d'eux, le plus jeune, dit à l'autre, en attachant autour de sa taille les cordons de sa jupe noire :

– T'es-tu mis au chœur, déjà ?... As-tu servi des mariages ?

L'autre ne répondit point. Il cherchait un surplis parmi tous ces vêtements blancs et noirs qui semblaient des spectres accrochés à la file.

– Ne prends pas celui-là. C'est au petit Morand... Il vient de Jean-Paul Duvallon... C'est un souvenir... Tu le mets ?... M. le curé pourrait bien te le faire ôter...

L'autre ne répondit encore rien. Il s'habillait, et le surplis un peu raidi par l'empois, et la jupe noire comme une plume de corbeau, lui allaient à merveille.

– Veux-tu porter le bénitier, reprit le premier, moi je porterai bien le livre ?... Comme tu voudras. Ça m'est égal.

Son compagnon toujours silencieux, ne le regardait seulement pas.

– On n'est pas dans l'église ici, tu peux lâcher ta langue.

Le curé gronda :

– Allons ! Avancez !

Ils accoururent. L'un prit le livre, et l'autre prit le bénitier.

Le prêtre s'inclina devant le crucifix d'ivoire et se dirigea vers le sanctuaire, sans plus se soucier des petits servants qui marchaient devant lui.

Presque tous les bancs de la nef étaient occupés. On aurait dit un jour férié. Il y avait beaucoup de curieux, des femmes surtout.

La lourde porte du chœur toute sculptée, tourna lentement sur ses gonds de cuivre poli. La cérémonie commençait. Il se fit dans les bancs un mouvement houleux comme sur la mer. Les promis s'agenouillèrent sur la plus haute marche du balustre. La jeune fille, devant le mystère nouveau, sentait son cœur se serrer comme dans une angoisse. Elle était heureuse pourtant. Le jeune homme, un peu raide, la tête haute, tâchait de paraître beau. Il s'occupait de lui-même.

Après une courte lecture sur la sainteté du sacrement de mariage, le prêtre s'adressant au marié, demanda :

– Mathias Padrol, prenez-vous Joséphine Duvallon, qui est ici présente, pour votre future et légitime épouse ?

– Oui, monsieur, répondit d'une voix forte le jeune homme, qui voulait se montrer plus poli que le rituel.

Alors le prêtre reprit :

– Joséphine Duvallon, prenez-vous Mathias Padrol, qui est ici présent, pour votre futur et légitime époux ?

– Non, répondit une voix faible.

Il y eut un mouvement de surprise dans la foule. Plusieurs se levèrent debout sur les bancs pour voir ce qui allait suivre.

Le prêtre stupéfait, regardait la future et semblait attendre une explication.

Mathias, la figure toute rouge à cause de la honte, ou peut-être de la colère, demanda tout haut :

– Mais pourquoi ?

Le curé, retrouvant le calme nécessaire, dit à l'épousée :

– Il ne fallait pas venir ici, mon enfant... C'est la profanation d'un grand sacrement, c'est le mépris. Or Dieu se sent offensé... Il ne faut pas agir ainsi dans le temple du Seigneur, au pied de l'autel, en présence de Jésus-Christ....

– Mais, monsieur le curé, je n'ai rien dit, repartit la promise toute tremblante, et des larmes dans les yeux.

– Comment, ce n'est pas vous qui avez répondu : Non ?

– Je n'ai pas eu le temps de répondre, monsieur le curé.

L'officiant s'indigna :

– Il y a donc ici quelqu'un qui oublie volontairement le respect dû à Dieu et à la sainte religion. On veut changer en comédie un des actes le plus solennels de la société chrétienne. Que l'on prenne garde. La loi civile viendra, s'il en est nécessaire, au secours du culte sacré...

Il regarda les servants tour à tour, comme s'il les eut soupçonnés de cette indécente plaisanterie. Ils se tenaient à ses côtés, l'un à droite, l'autre à gauche, calmes, immobiles, les yeux fixés sur la mariée.

Tous les regards se portèrent alors vers eux. Ils n'avaient pas l'air de grands coupables. Le plus jeune se mit à sourire, trouvant cela drôle, sans doute. L'autre était très pâle et une tristesse étrange se peignait sur sa figure d'adolescent.

La mariée les regarda aussi et elle tressaillit.

On entendit chuchoter.

– C'est le petit Antoine Beaudet, celui-ci. On le connaît ; il sert la messe tous les dimanches. Mais l'autre... l'autre... qui peut-il être ? On dirait que c'est Jean-Paul... Jean-Paul, enfant de chœur. Vous vous on souvenez ?

Mathias lui-même, comme pris de vertige, se mit à parler à sa future.

– Quel est ce petit servant ? Comme il ressemble à ton frère !... Tu dois savoir son nom... Je ne le remets pas, moi...

La fiancée eut envie de pleurer ; cela lui aurait fait du bien. Elle s'efforça de sourire. Le prêtre recommença :

– Joséphine Duvallon, prenez-vous Mathias Padrol, qui est ici présent, pour votre futur et légitime époux ?

Elle n'eut pas davantage le temps de répondre.

Une voix lugubre qui sortait comme d'une tombe répéta :

– Non !

Cette fois il passa un frisson de terreur sur la foule attentive et il se fit un silence qui avait quelque chose d'effrayant.

Le curé ne dit rien. Il croyait toujours à un mauvais plaisant.

Un ventriloque peut-être, qui se cachait dans l'assemblée pieuse, et bravait, pour s'amuser, les foudres du Seigneur.

Il se pencha vers la jeune fille afin de recevoir sa réponse.

Elle allait dire : oui, quand ses regards rencontrèrent de nouveau les regards du servant que personne ne connaissait.

Elle poussa un grand cri et s'affaissa.

Mathias voulut la secourir. Un vent brûlant passa qui éteignit les cierges et tout le monde entendit le bruit d'un soufflet sur une joue.

Le marié releva la tête. C'est lui qui venait d'être souffleté.

Il voulait voir l'insolent qui l'avait frappé.

Il demeura terrifié. Puis, d'une voix pleine d'épouvante, il cria deux fois :

– Jean-Paul !... Jean-Paul !

Et il sortit de l'église, titubant comme un homme ivre, les yeux dilatés par l'effroi, pâle, avec une tache rouge sur la joue, la marque du soufflet.

Où allait-il ?

L'un des petit servants avait grandi tout à coup et il paraissait un homme maintenant. Et cet homme, c'était Jean-Paul Duvallon. Il portait au cou une large blessure et son front était percé d'une balle. Il avait la teinte livide du cadavre et ses yeux versaient des larmes.

– Assassiné !... il a été assassiné ! s'écrièrent plusieurs.

Mais l'assassin, où est-il ?

Est-ce l'Indien de la prairie ? Est-ce le jeune homme superbe qui s'en va avec le soufflet du mort sur la joue ?

L'église retentit de lamentations, les cloches sonnèrent un glas funèbre ; le prêtre, dépouillant ses vêtements pompeux, mit sur ses épaules la chasuble noire et dit la messe pour le repos de l'âme de Jean-Paul Duvallon.

Il n'y avait plus qu'un petit servant.

Ainsi finit la noce, ainsi finit mon histoire.